LE COLLEGE MAZARIN

MANLIUS

TRAGE'DIE,

SERA REPRESENTE'E

SUR LE THEATRE

DU

COLLEGE MAZARIN

POUR LA DISTRIBUTION DES PRIX.

Le Lundy 3. jour d'Aouſt, à une heure préciſe après midi.

A PARIS,

Chez la Veuve de CLAUDE THIBOUST,

ET

PIERRE ESCLASSAN, Libraire-Juré, & Imprimeur ordinaire de l'Univerſité, vis-à-vis le College Royal.

M. DC. XCIX.

SUJET DE LA PIECE.

*L*A guerre que les R omains firent aux Latins, en l'année 414. de la Fondation de Rome, est remarquable par deux actions singulieres : La premiere est le Devoüement du Consul Decius, qui ayant appris en songe, que la Victoire des Romains sur les Latins, dependoit de la mort d'un des Consuls, donna teste baissée dans les Troupes Ennemies au fort du combat, & se fit percer de leurs coups. L'autre est l'extrême severité du Consul Torquatus, qui fit mourir son fils Manlius, pour s'estre battu, malgré la défense qu'il en avoit faite, contre un Capitaine des Ennemis, qui l'avoit provoqué quelques jours avant le combat. Cette derniere action fait le *Sujet de la Piece :* Tite Live, livre 8.

La Scene est dans le Camp des Romains.

I. **C**ORNELIUS Cossus, dont la fille avoit esté promise à Manlius, veut s'entretenir avec Torquatus sur ce mariage, & l'engager à le conclurre au plûtost : mais Torquatus, uniquement occupé des soins de la bataille qu'il doit livrer le lendemain, rejette avec chagrin ce discours de Cossus, disant que l'état des affaires ne permet pas de songer à autre chose, qu'aux préparatifs du combat ; que d'ailleurs, quelque envie qu'il ait, que cette union de leurs enfans se fasse, un songe affreux qu'il a eu par deux fois, luy fait apprehender que Manlius qu'il souhaite pour Gendre, & en qui il reconnoist déja tant de belles qualitez, ne perisse dans cette guerre. Cossus qui aime beaucoup Manlius, conseille à Torquatus d'envoyer son fils ailleurs sous quelque pretexte, & de ne point exposer une vie qui luy est si chere, aux dangers d'une bataille qui luy peut estre funeste. Torquatus qui ne craint rien tant que le soupçon de lâcheté, ne peut se resoudre à sauver son fils par une voye si honteuse, pendant que tant de Citoyens hazardent leur vie pour l'honneur de la Patrie. II. Emile augmente encore le chagrin de Torquatus, en luy apprenant que les soldats fâchez de se voir enfermez dans le camp depuis si long-temps, & sur tout indignez de la défense qu'il leur a faite de combattre sous peine de la vie, murmurent de cette severité, dont ils n'ont jamais veu d'exemple ; que Decius mesme son Collegue paroist ne pas approuver cette défense, & qu'il en prend occasion de le mettre mal dans l'esprit des soldats, dont par ce moyen il ménage l'affection. Torquatus déclare fierement qu'il sçait mépriser les bruits & les desseins séditieux des soldats ; que pour ce qui regarde Decius, il ne peut dissimuler le chagrin qu'il luy cause ; que ce Collegue, qui va partager avec luy la gloire de la Victoire, quelque merite qu'il ait d'ailleurs, ne peut luy estre agreable, & qu'il est resolu de ne le point ménager. III. Decius qui arrive pour avertir aussi son Collegue de ce qui se passe dans le camp, malgré sa moderation ne peut s'empêcher de luy dire, qu'il n'approuve point la défense qu'il a faite, & il veut l'obliger à la revoquer. Torquatus irrité de la liberté de Decius, renouvelle sa défense par un serment qu'il fait de punir de mort, quiconque osera tirer l'épée contre l'ennemy, & s'en va aussi-tost avec Cossus & Emilius donner ses ordres pour les préparatifs du combat. IV. Decius offensé de l'humeur fiere & imperieuse de son Collegue se resout à ne luy ceder en aucune chose, à soûtenir son rang, & à défendre à son fils de hanter davantage Manlius. V. Mais il voit que sa précaution est inutile; car Valere Lieutenant General vient luy dire que le bruit court dans le camp, que le fils d'un des Consuls, qu'on ne nomme point, s'est battu contre un Capitaine des ennemis. La surprise & la crainte de ce pere paroît grande. VI. Cependant voyant revenir son fils avec Torquatus suivi d'un soldat qui porte des dépouïlles, il apprend de luy que c'est Manlius qui ayant esté insulté & attaqué par l'ennemi, l'a combattu & vaincu. Decius le fils fait ensuite le détail de ce combat. VII. Manlius arrive aussi-tôst avec un visage riant, & presente à son pere les dépouïlles de son ennemi: Torquatus fait éclater sa colere contre son fils; & le fait garder dans un lieu particulier, le ménaçant de punir au plûtost sa désobeïssance. VIII. Decius le pere qui voit que son fils a eu part à l'action de Manlius, veut remontrer à Torquatus les suites horribles de sa severité, & l'embarras où le jette le serment qu'il a fait. Mais celui-cy bien loin de se repentir de son serment, prétend encore que le jeune Decius, étant aussi coupable que Manlius, doit estre puni avec lui. IX. Leur contestation est interrompuë par Emile, qui les avertit, que les soldats ayant sceu la maniere dont Manlius à esté reçû de son pere, & la punition qu'il luy prépare, refusent d'obeïr & de combattre. Les Consuls Torquatus & Decius courent aussitost pour appaiser cette sédition.

I. **M**ANLIUS déplore son malheur & se representant tous les avantages de sa famille, & toutes ses esperances, il se plaint en termes un peu forts de l'extrême rigueur de son pere, qui ne se contentant pas d'exercer sa fureur sur luy, veut encore punir les témoins de sa Victoire, & principalement le jeune Decius, qu'il aime comme luy-même : mais enfin comme il a beaucoup de respect pour son pere, il corrige ses premiers sentimens, il se flatte de sa tendresse, il excuse la severité qu'il fait paroître, & se resout à faire & à souffrir tout ce qu'il ordonnera. II. Le jeune Decius qui croit connoître parfaitement l'humeur de Torquatus, & qui craint tout d'un Consul si ambitieux & si emporté, conseille à Manlius de s'enfuïr, à la faveur de la sédition qui occupe son pere, & luy promet le secours d'une troupe de jeunes gens ses amis, qui sont resolus de partager avec luy sa fortune. Manlius qui croit toûjours pouvoir fléchir son pere, & qui craint l'infamie plus que la mort, refuse le secours qu'on luy offre, & déclare qu'il ne s'éloignera point du camp à la veille du combat. III. Il est même confirmé dans cette pensée, apprenant d'Emile que Torquatus sollicité, & pressé par les prieres & les larmes de l'armée, luy a pardonné & a promis de le faire voir aux soldats, qui le souhaitent avec impatience. Cependant comme il voit revenir son pere encore troublé & chagrin, il se retire avec son ami par le conseil d'Emile. IV. Torquatus fâché de l'insolence des soldats, qui l'ont voulu contraindre de pardonner à Manlius, en marque son ressentiment à son Collegue Decius, auquel il reproche sa lâche complaisance pour les mutins, dont il a secondé l'audace. Decius qui croyoit que Torquatus avoit pardonné sincerement à son fils, est fort surpris de voir que ce n'est qu'une feinte de ce Consul ; il luy represente en vain que ses ménaces & sa colere ne font qu'aigrir les soldats, & qu'il doit mettre au plûtost Manlius en liberté, s'il veut estre obeï. Torquatus qui n'est pas d'humeur à rien relâcher, ne peut souffrir qu'on le reprenne, & déclare qu'il vengera malgré les soldats, l'injure faite à son rang, & à la discipline par la désobeïssance de son fils. V. Corn. Cossus à qui l'âge, l'experience & le merite donnent beaucoup d'autorité sur les esprits, trouvant les deux Consuls fort échauffez, tâche de les appaiser, il exagére le péril de la Rep. prie les Consuls de sacrifier au bien commun de l'armée toutes leurs querelles : Enfin il excuse Manlius. VI. Celuy-cy impatient d'apprendre son sort de la bouche même de son Pere, vient avec son amy, non pas tant pour se justifier sur le crime dont il est accusé, que pour prier son Pere de luy permettre de vivre jusqu'au lendemain, l'assûrant que dans le combat il cherchera une mort assûrée, mais glorieuse & utile à la Patrie, ou tout au moins exempte d'ignominie. Ce discours prononcé avec cette intrepidité, qui est particuliére à Manlius, est fort approuvé de Decius & de Cossus; Torquatus même, qui feint de n'en estre pas content, en est pourtant touché, & déclare que dans le Sacrifice qu'il va faire en presence de toute l'armée, il veut consulter les Dieux sur le sort de son Fils; qu'il suivra comme une Loy souveraine, tout ce que l'Aruspice en dira. Decius & Cossus sortent pour aller au Sacrifice, Manlius se retire avec Decius le fils dans le lieu où il est gardé. VII. Torquatus reste seul & invoque les Dieux, les priant d'estre favorables à son Fils. C'est icy où la Nature s'exprime par la bouche de ce Pere, quand il fait paroître les regrets mortels qu'il auroit de perdre son Fils. Mais enfin l'ambition qui le domine, & l'envie qu'il a de signaler son zele pour la Patrie & pour la discipline militaire, luy font reprendre ses premiers sentimens, & il s'engage à suivre la volonté des Dieux, quand même ils demanderoient la vie de son Fils.

ACTE TROISIE'ME.

I. DECIUS, à qui fon Pére a défendu d'affifter au Sacrifice, en témoigne fon déplaifir à Manlius: celui-ci l'en-
courage , & lui fait bien efperer de la douceur & de la ten-
dreffe de fon Pére : mais Décius faifant réfléxion fur un Ora-
cle prononcé autrefois à fon Pére par un Devin, qui lui pré-
dit qu'il périroit dans la guerre des Latins , commence à
craindre autant pour fon Pére que pour fon amy.   Manlius
qui ne donne pas dans la fuperftition des Augures , méprife
cette prédiction , & dit que quand même elle devroit eftre
vraye, l'avantage de mourir pour le fervice de la Patrie , eft
un fort digne d'un cœur vrayment Romain.   II. Valére qui
a efté préfent au Sacrifice rapporte tout ce qui s'y eft paffé
d'extraordinaire , & principalement la réponfe funefte de
l'Arufpice, qui après avoir confideré les entrailles des Vi&i-
mes , a dit *que les Dieux demandoient encore une meilleure Vi&ime,
& que Rome ne pouvoit eftre vi&torieufe fans le fang des Confuls.*
III. Décius le pére , qui s'eft perfuadé que cette réponfe le
regarde particulierement , vient affûrer Manlius & fon Fils,
qu'ils n'ont rien à craindre pour eux. Ils en témoignent leur
joye , mais elle ne dure pas long-tems ; car comme ils demandent à Décius , quelle eft donc cette nouvelle Vi&ime
que veulent les Dieux , il refufe de le leur dire , & s'en **va**
brufquemennt.   I V. Cela les jette dans de nouvelles inquié-
tudes , & ils obligent Valére à leur dire ce qu'il en fçait :
Celui-ci rapporte avec quel zéle & avec quelle grandeur d'a-
me les deux Confuls, après avoir connu la volonté des Dieux,
fe font offerts pour eftre les vi× de leur colére, & ont
accepté à l'envi l'un de l'autre, l'honneur d'affûrer par leur
mort la vi&toire à leur Patrie : Manlius s'emporte de nouveau
contre les Augures , & protefte qu'il ne fouffrira pas qu'on
fe jouë ainfi de la vie de fon Pére. Le jeune Décius fur-tou,

A iiij

que la réponse ambiguë de l'Aruspice embarasse, ne sçait pour lequel des deux Consuls il doit s'intéresser ; il craint même toûjours pour Manlius son amy. Et afin de se délivrer d'un doute si fâcheux, il s'en va trouver son Pére. V. Valére qui connoît le fort du Consul Décius, déclare à Manlius que l'éclaircissement que cherche son amy va lui couter bien des larmes : Manlius de son côté est dans une impatience incroyable d'apprendre quelque chose de certain du sort de son Pére. VI. Mais enfin, Emile estant arrivé avant Torquatus, avertit Manlius de se sauver au plûtôt ; que son Pére depuis le Sacrifice, est résolu plus que jamais de le faire punir ; que Cossus même & les Soldats sont enfin persuadez que Manlius est la Victime que les Dieux demandent. VII. Celui-ci s'étant retiré pour attendre son Pére, Valére & Emile disputent ensemble sur cette Victime ; l'un croit que c'est seulement Décius, l'autre que c'est Manlius, & peut-être même Torquatus. VIII. Mais ce Consul arrivant avec Cossus, s'écrie d'abord que les Dieux par leur réponse ont enfin justifié la résolution qu'il a prise de punir la désobéissance de son Fils, & que ce sang de Consul qu'ils demandent, est le sang même de Manlius. Cossus s'efforce en vain de prouver le contraire ; toutes ses raisons ne touchent point ce Pére, qui suit aveuglément toutes les décisions des Augures. Enfin, Cossus lui faisant voir que la réponse de l'Aruspice peut le regarder aussi-bien que son Collégue, ou son Fils, ce discours l'embarasse & l'irrite tellement, que n'y pouvant répondre, il envoye sur le champ querir Manlius, pour le condamner à la mort. Pendant qu'il s'emporte contre Cossus, IX. Décius le fils vient l'avertir que son Pére est résolu de se dévoüer ; qu'il fait déja les préparatifs extraordinaires de cette action terrible, & qu'il s'est voilé la tête, pour ne plus voir la lumiere : Il prie donc Torquatus de venir lui-même lui ôter cette funeste pensée. Le Consul qui croit que c'est un artifice de ce jeune homme, & même de Décius le pére, qui veulent sauver Manlius, ou retarder sa punition, s'emporte encore contre Décius le Fils ; & avant que de le renvoyer à son Pére, il le retient, afin qu'il soit témoin de la condamnation qu'il va prononcer contre Manlius. X. Ce Fils infortuné estant arrivé avec Valére, Torquatus d'un air sévére lui réprésente la grandeur de son crime, dit que les Dieux l'ont déja condamné ; qu'il ne peut réparer que par sa mort l'honneur dû à la Majesté Consulaire : il commande enfin au Licteur de se saisir de lui, & de le mener au supplice. XI. Ce Pére malheureux retient Cossus avec lui, déplore son sort, témoigne qu'il a lui-même horreur des ordres qu'il vient de donner ; il n'est pas long-tems à s'en repentir : l'ombre de Manlius, qu'il croit voir, l'épouvante d'une maniere terrible ; & Décius paroissant en habit de Dévoüé, avec un Augure, l'assûre qu'il est l'unique Victime que les Dieux ont demandée. Torquatus veut lui-même aller révoquer l'ordre qu'il a donné ; mais comme il est retenu par l'Augure, le jeune Décius court aussi-tôt au lieu où on a conduit son amy : cependant le Consul Dévoüé exaggere son zéle pour la Patrie, & d'une voix prophétique forme des vœux pour la gloire de Rome. XII. Enfin le jeune Décius revient avec Valére apporter la nouvelle de la mort de Manlius. Torquatus fait ici éclater sa douleur, sur-tout après que Valére a raconté la maniere dont Manlius est mort, & les dernieres paroles qu'il a dites : Décius releve le courage de son Collégue, & l'exhorte à vivre pour le bien de la Patrie, & à donner tous ses soins pour le gain de la bataille.

L'amour des François pour le R O Y
fait le Sujet du Prologue.

ACTEURS ET PERSONNAGES
de la Piece.

TORQUATUS, Conful.	DECIUS, Conful.
NICOLAS DE MONCHY, d'Amiens.	JEAN VALTIER, de Roüen.
MANLIUS fils de Torquatus.	DECIUS fils de Décius, Conful.
JACQUES DE SIRMOND, de Paris.	BENIGNE VARENNE, de Paris.

CORN. COSSUS, JACQUES-CHARLES PUJOL, de Paris.

EMILE, ANTOINE CHASTELAIN, de Paris.

VALERE, MARIN-ALEXANDRE UBELESKI, de Paris.

Lieutenans Généraux.

MINUCIUS Augure, JEAN-ESTIENNE ISAAC, de Paris.

Diront le Prologue,

JEAN VALTIER, de Roüen.

JACQUES DE SIRMOND, de Paris.

JACQUES-CHARLES PUJOL, de Paris.

BENIGNE VARENNE, de Paris.

Parleront dans les Entr'Actes ;

PIERRE GUILLIERAND, *de Paris.*

LOÜIS DE VIENNE DE GERAUDOT, *de Paris.*

EMMANUEL DE LERCHENFELDT, *de Strasbourg.*

ESTIENNE-ANTOINE-HUBERT FAUVELET DE POMMELE ,
de Paris.

Pour la distribution des Prix parleront ,

ANTOINE CHASTELAIN, *de Paris.*

MARIN-ALEXANDRE UBELESKI, *de Paris.*

PIERRE GUILLIERAND, *de Paris.*

LOÜIS DE VIENNE DE GERAUDOT, *de Paris.*

ESTIENNE-ANTOINE-HUBERT FAUVELET DE POMMELE,
de Paris.

EMMANUEL DE LERCHENFELDT, *de Strasbourg.*